丹麦国宝级童书作家

奥勒·伦·基尔克高

OLE LUND KIRKEGAARD

小威格尔

[丹麦] 奥勒·伦·基尔克高 著/绘 　王宇辰 译

上海译文出版社

奥勒·伦·基尔克高

（ Ole Lund Kirkegaard   1940 – 1979 ）

作者介绍

奥勒·伦·基尔克高，丹麦最成功的童书作家之一。

1940 年，基尔克高出生在丹麦奥尔胡斯，早年在学堂的教学经历给了他源源不断的创作灵感。基尔克高的作品集现实与想象于一体，用风趣诙谐的语言和歪歪扭扭的手绘插画塑造了一个充满奇思妙想的儿童世界。

1966 年，基尔克高凭借《小威格尔》中的《小威格尔和龙》这一章节赢得丹麦《政治家报》小说竞赛大奖。这个故事风靡丹麦，而小威格尔则被称为"丹麦的长袜子皮皮"。他的其他代表作有《小淘气艾伯特》《青蛙魔王》《魔毯》《犀牛奥多》《橡胶泰山》《街角屋大盗》等等。

1969 年基尔克高被丹麦文化部授予儿童文学奖章。他的创作成为一代代丹麦人必读的童书经典，书中的人物伴随着不同时代的丹麦儿童成长，是家喻户晓的永恒故事。他的大部分著作也被翻拍成电影和戏剧，给观众带来了无尽的欢声笑语和童年回忆。

目 录

第一章
小威格尔

　　在小镇的鸡舍里，住着一个名叫小威格尔的男孩。

　　尽管鸡舍的主人不是他，而是一位糕点师傅，但小威格尔被允许住在这里，可以一直住到它倒塌的那天为止。因为，糕点师傅是一个好人。他从早到晚都在烤面包、蛋糕和苹果派，可是小镇上的居民几乎从来不买这些。居民们顶多每天买两三个面包，而其余的那些蛋糕、苹果派和葡萄干面包，自然就全都进了糕点师傅自己的肚子里。

　　鸡舍里还住着一只公鸡。它只有一条腿，因此，它总是靠着鸡舍的墙边站着，免得自己摔倒。每天早上，公鸡负责叫小威格尔起床。它的打鸣声洪亮无比，即使是在沼泽那边都能听见。不過，想要叫醒像小威格尔这样的男孩，这样的嗓音恰恰派上了用场。

当然，小镇上除了小威格尔之外，还有其他的男孩。比如，跟妈妈和弟弟一起住在老木屋里的奥斯卡。

奥斯卡的妈妈身材高大，可能是镇上个子最高的妈妈。她的工作是给别人洗衣服，因此，她的院子里总是挂满了需要洗的或是已经洗好的衣服。挂绳上、树枝上到处都挂着衬衫、四角短裤、裤袜和棉衬衣。

奥斯卡的妈妈不爱说话。她也从来不催奥斯卡写作业。只有过那么一次，奥斯卡的妈妈一股脑儿地说了很多话。那一次，奥斯卡和小威格尔在院子里互相扔泥巴，结果弄脏了所有的衣服。

另外一个房子里住着卡尔·伊米勒。卡尔家门前的草坪上种着长长的一排郁金香，一共有十四株，特别漂亮。

卡尔是镇上饭量最大的男孩。他早上、中午和晚上都要吃饭。而且每顿饭不是吃李子、梨、黑面包干和黄油面包这些，而是吃装在盘子里的饭菜。有时候，他还会吃甘草糖。

卡尔家很有钱。他有一辆踏板车和一把木剑。跟小威格尔一起散步的时候，他还会带着一根蓝色的拐杖。

通往沼泽的路上住着高大的铁匠。他长着黑黑的大胡子，当他每次用力捶打漆黑的铁时，铁花都会溅向他的耳朵。他的炉子里总是点着火，火焰红黄相间。从天明到日落，总是能看到他起

起伏伏的影子倒映在铁匠铺的墙上。

学校里住着红头发老师。小威格尔、奥斯卡、卡尔和其他孩子每天就是来这里上学，老师休假的时候除外。可是，他几乎从来不休假。孩子们跟着他学写字、阅读和画画，不过，每当他一转过身去，孩子们就会立刻看向窗外的世界。从窗户向外看去，他们能看到住在尖塔里的麦森夫人，还有塔尖上用来监测天气的公鸡。天气公鸡被漆成了红绿相间的颜色，每次刮风的时候，它仿佛都像活过来了一样。红头发老师教导他们说，上课的时候，不许往窗外看。他还说，如果不老实坐在凳子上，放学之后就要留下来，在一本黑色的书上写字。全班在黑色书上写字写得最多的人，就是奥斯卡。

在一个屋顶上长满苔藓和青草的房子里，住着一位商店老板。他的商店里几乎无所不有，甚至还能买到甘草糖。他的院子里种着卡斯珀树，嘴里总是嚼着卡斯珀种子。他常常一整天坐在窗边，一边拉小提琴，一边嚼种子。

"我也想尝尝这种种子的味道，"小威格尔对商店老板说，"它们一定特别好吃吧。"

"味道确实不赖。"商店老板说。然后，他又接着拉他的小提琴了。

"卡斯珀种子很难吃到吗？"小威格尔问道。

"对呀，"商店老板回答说，"肯定不容易，因为种它们的人

并不多。"

"但是，还是有人种的，对吧？"小威格尔一边探头望向商店老板家的院子，一边问。

"是的，有人，"商店老板回答说，"不过不多。"

"就算是这样，要是能尝一尝就好了，"小威格尔说道，"卡斯珀种子是什么颜色的呢？"

"这是个秘密。"商店老板神神秘秘地说。

"或许是红色的？"小威格尔说。

"嗯，也许吧，"商店老板说，"谁知道呢。人一旦吃了这个种子，鼻子就会变长。如果我不是商店老板，也没有屋顶上长满苔藓和青草的大房子，那我一旦吃了这个种子，我的鼻子就能长到好几米长。"

"幸好你告诉我了，老板，"小威格尔说，"想想，如果我吃下一颗种子，那可就了不得了。"

"可不是嘛，"商店老板说，"那你的鼻子就会变得像扫帚一样长。"

"你告诉我这件事真的太好了，非常感谢！我现在就要开开心心地回家去了，因为我没有不幸地吃到这种卡斯珀种子。"

然后，小威格尔就开始往回走。回到家里，他发现单腿公鸡正靠在鸡舍的墙上等着他。

"你千万不要去商店老板家的花园里啄种子吃，"小威格尔对单腿公鸡说，"永远不要，不然，你的喙就会长得跟扫帚一样。"

"咯咯咯，"公鸡叫道，"咯咯咯。"

不过，小威格尔还是梦想有一天能成为商店老板，拥有一座屋顶上长满苔藓和青草的大房子——他实在是太想尝一尝卡斯珀种子的味道了！

第二章
单身鹳

　　一个周二的早上，就在小威格尔正要起床的时候，卡尔来糕点师傅的鸡舍找他。不过，卡尔的表情看起来非常奇怪。

　　"你怎么脸色这么奇怪？"小威格尔问他，"你的脸都红透了。"

　　"它来了。"卡尔上气不接下气地说道。

　　"谁来了？"小威格尔问道。

　　"鸟来了，"卡尔说，"它就在商店老板的屋顶上。"

　　"要不你先喝点儿水？"小威格尔问，"我正要吃早饭呢！"

　　"它几乎是全白的。"卡尔说。

　　"不可能，"小威格尔说，"这就是普通的苏打水。"

"我不是说你的早饭，"卡尔说，"我是说那只鸟！它的身体几乎是全白的。"

"哦，"小威格尔说，"你确定你不想来点儿早餐吗？"

"你必须是第一个知道这件事的人，"卡尔认真地说，"因为你是我的朋友。"

"真好！"小威格尔说。

"我在想，我们要不要上学前去看一看它。"卡尔说道。

"可以呀，"小威格尔说，"等我吃完早餐就出发。"

"你每天都穿着衣服睡觉吗？"卡尔问他。

"一直是这样的，"小威格尔回答说，"有的时候，如果我的鞋子湿了，我会把它们脱下来。"

"那可能是我有问题吧，"卡尔说，"我总是穿着睡衣睡觉。"

"睡衣是什么？"小威格尔问道。

"样子就跟衬衫什么的差不多，"卡尔说，"我也说不好。"

"我也想要跟你一样的睡衣。"小威格尔说，

"你还是别期待了，"卡尔说，"穿睡衣之前，你必须要洗澡。"

小威格尔彻底蒙了。"难道你每天晚上都要洗澡吗？"他问道。

"对呀，"卡尔说，"头和整个身体都要洗。"

"那我不想要了，"小威格尔说，"这种睡衣肯定贵得吓人！"

"是的，贵得吓人，"卡尔说，"我真不明白，为什么我妈妈要给我买这么贵的睡衣。"

"你刚才不是在说鸟吗？"小威格尔问。

"啊，对呀，"卡尔说道，"我们去看看它吧！"

两人走向了商店老板的房子。在斜斜的烟囱上，坐着一只巨大的鸟，它长着一条很长很长的腿。

"它只有一条腿啊，"小威格尔说道，"就像公鸡一样。"

"好奇怪啊，"卡尔说，"我感觉我刚才看到它有两条腿来着。"

"这是因为它把一条腿缩进了肚子下面，"商店老板一边坐在窗边拉小提琴，一边跟他们说，"鹳在休息的时候总是这样的。"

"哦，原来是这样，"小威格尔说，"我还以为只有公鸡才能只有一条腿。"

"它就这样独自坐在我的屋顶上，"商店老板说，"它每年都来，但总是孑然一身。"

"孑然一身？"小威格尔问道，"什么叫孑然一身？"

"嗯，"商店老板说，"就是像它这样，这就叫孑然一身。"

"哦，原来是这样，"小威格尔说，"不过，它看起来很友善。"

"也许吧，"商店老板说道，"它唯一让我不喜欢的地方在于，它总是坐在我的烟囱上面。万一有一天烟囱掉下来砸到谁的脑袋可怎么办？"

"也许会砸到老师？"卡尔一边说着，一边朝着远离商店老板家的方向走了几步。

"对，也许会砸到老师。"商店老板说。

　　"它应该不会立刻站起来，"小威格尔说，"也许，它会一直坐在这儿，直到烟囱掉下来砸到谁的头上为止。"

　　"希望这样的事情不要发生，"商店老板说，"要是它有个伴儿就好了，那它就会找其他地方待着去了。"

　　"伴儿是什么？"小威格尔问道。

　　"就是它的妻子。"商店老板回答，"唉，我可真怕烟囱掉下来。"

　　"我们给这只单身鹳找个妻子吧，"小威格尔说，"我们放学之后就去找。"

　　"那我会非常高兴的，"商店老板说道，"如果你们找到了，我也许会给你们一颗免费的甘草糖。"

　　"就一颗吗？"卡尔说道，"那可不多呀！"

　　"嗯，两三颗也行。"商店老板说。尽管他知道，卡尔能吃五颗甘草糖。

　　"等你再见到我们的时候，我们就已经给这只单身鹳找到妻子了，"小威格尔说，"相信我们，老板。"

　　"啊嗷，"卡尔突然叫道，"我们得抓紧时间了，已经很晚了。万一我们迟到了，就得坐在教室最后面了，那可太可怕了。"

　　于是，男孩们用最快的速度奋力奔跑起来。当他们跑到学校的时候，上课铃已经响过了，操场上一个人都没有。

　　"救命，"卡尔叫道，"我们来晚了，救命！"

"小点儿声，"小威格尔说，"大家会以为你溺水了呢。"

"我们来晚了，"卡尔边哭边嚷，"我妈妈要是知道了，肯定会特别生气，救命啊！"

"不要慌，"小威格尔说，"也许红头发老师根本还没起床。"

"他总是起得很早！"卡尔哭着喊道，"他总是起得很早！"

"确实，我也从来没见过他睡过头，"小威格尔说，"不过，也许今天就是个例外呢。来，我们走吧。"

两个男孩战战兢兢地敲了敲教室的门。

"进来。"老师的声音在里面响起。

"我就说吧，"卡尔哭着说，"他就在教室里。"

他们小心翼翼地打开了门。

"你们为什么迟到？"红头发老师气势汹汹地问他们。

"救命啊，"卡尔抽泣着说，"我们去看那只孑然一身的鹳了。"

"什么？"老师问。

"一只单身鹳，"小威格尔说，"它就在商店老板的房顶上。"

"没有什么单身鹳，"老师说，"它就叫鹳。"

"可是，它确实是单身呀，"小威格尔说道，"孑然一身，我们亲眼看到的！"

"就算这样，它仍然只是一只鹳。"老师说，"你们坐下，把书拿出来。"

"我们不用坐在最后一排吗？"卡尔还在抽泣。

"经过我的综合考虑，"红头发老师一本正经地说，"如果你们保证再也不会迟到的话……"

"我们保证！"卡尔喊道，"只要我们还来上学，就再也不会了！"

课间休息的时候，奥斯卡问小威格尔，他们看到了什么。

"一只单身鹳。"小威格尔说。

"它长什么样子？"奥斯卡说。

"是一种鸟，"小威格尔说道，"它休息的时候会把一条腿缩进肚子下面。"

"我可以跟你们一起去吗？"奥斯卡问。

"去干什么？"卡尔这时又高兴了。

"去看那只单身鹳啊。"奥斯卡说。

"好啊，"小威格尔说，"我们还答应要给它找一个妻子。"

"我们该去哪儿找呢？"卡尔说。

"我们去买一只，"小威格尔说，"去卖鹳的商店。"

"鹳不允许被人买卖，"奥斯卡说，"我好像在哪里读到过。"

"你是在哪本书里看到的？"小威格尔问他。

"我不记得了，"奥斯卡说，"不过书上说：鹳不允许被人买卖……这句话我记得很清楚。"

"那也没关系，"小威格尔说，"反正我也没有钱。"

"书上说：鹳从来不会被人捉住……"奥斯卡说。

"真是一本坏书，"小威格尔说，"简直是满纸胡言。可惜你不记得书名。我绝对不要读那本书。"

"我们能得到甘草糖作为报酬，"卡尔说，"每个人三颗。"

"真遗憾，你读了那本书，"小威格尔说，"这下子，我们永远没法给单身鹳找妻子了。"

下课铃响了，孩子们争先恐后地在本子上签上自己的名字。

放学后，三个男孩一起走到街上。

"那本书真是太坏了，"小威格尔还在感叹，"你完全肯定你读的就是那本书吗？"

"是的，我确定，"奥斯卡说道，"我也能得到三颗甘草糖吗？"

"当然，"卡尔说，"或者，小威格尔会把他的糖分给你一颗。"

"你读了太多坏书了，"小威格尔说，"太多太多了，奥斯卡。"

他们站在原地往麦森夫人的花园望去。

"看那些苹果多好啊，"卡尔说道，"要是可以尝尝就好了！"

"你们看！那是什么？"小威格尔突然大喊道，"是鹳吗？"

"不是的，"奥斯卡说，"那是一只鹅。"

"它看起来有点儿像鹳，"小威格尔说，"不过也许它要更胖一点儿。你不这样认为吗，卡尔？"

"没错，"卡尔说，"如果它是鹅，那它绝对是我见过的最像鹳的鹅。"

"你们说，如果我们把它带到商店老板家，那只单身鹳会愿

意跟它结婚吗?"小威格尔问道。

"也许我们还能得到不止三颗甘草糖,因为它真是太胖了。"卡尔说道。

"不知道它能不能把一条腿藏到肚子下面?"小威格尔说道,"如果不可以的话,那么单身鹳肯定不会愿意跟它结婚的。"

"我猜它可以,"奥斯卡说,"我可以试着给它做个检查,看看它的肚子里面。"

"我们该怎么把它抓住呢?"卡尔问道,"我觉得我们没法把它借过来,麦森夫人看起来疯疯癫癫的。"

"她还戴着眼镜,"小威格尔说,"她肯定脾气极其暴躁。不,她肯定不会把它借给我们的。"

"那我们就把它偷来。"奥斯卡说。

"不可以这样,"卡尔一副被吓坏了的样子,"我妈妈说偷东西是要进监狱的。"

"那我们就去借吧,"小威格尔说,"趁她看不见的时候。"

"夜里,"奥斯卡说,"肯定没有人发现。"

"小镇上也没有监狱吧,"小威格尔说,"你见过监狱吗?"

"没有,"卡尔说,"但我还是不敢跟你们一起去。"

"那我们就趁着你睡觉的时候去把它借走,"小威格尔说,"然后我们去接你。"

"我夜里要睡觉的,"卡尔说,"这样我才能长得又高又壮。"

"你已经又高又壮了，"小威格尔说，"你已经很高了，卡尔。"

"你要是长得更高该怎么办呀，"奥斯卡说，"再说了，就一天也不会有多大影响。"

"我还是不敢去，"卡尔说，"万一被我妈妈发现了怎么办。"

"她不会发现的，"奥斯卡说，"你就从窗户爬出来就行。"

"我要是从窗户爬出来会摔死的，"卡尔说，"窗户很高的。"

"我们能得到甘草糖，"小威格尔说，"可能一人有五颗哦！"

"那我又有点儿敢去了，"卡尔说，"不过，我可不想跟你们一起去借鹅。"

等到夜深人静时，趁着小镇上的人全都进入了梦乡，奥斯卡和小威格尔悄悄地溜进了麦森夫人的花园。

"你觉得，她戴着眼镜，是不是能在黑暗中看见我们啊？"小威格尔小声问道，"有些人就能。"

"麦森夫人肯定不能，"奥斯卡小声说，"我听到她正在打呼噜呢！"

"这么黑，我们怎么才能抓住它？"小威格尔问道。

"我们试着模仿鹳的叫声怎么样？"奥斯卡说。

"鹳是怎么叫的？"小威格尔问道。

"我也不知道，"奥斯卡说，"这样，我们试一试不同的叫声。"

"希望它不聋，"小威格尔说，"不然我们永远也抓不住它了。"

他们在一片漆黑中爬到了一个小棚子里。黑暗中，他们能闻到怡人的花香。

"我来试一种叫声，"奥斯卡小声说，"你听着。"

奥斯卡发出了一种奇怪的叫声。

"它没过来呀，"小威格尔说，"再试另一种。"

奥斯卡又换了另外一种叫声。

"它肯定是聋子，"小威格尔说，"它根本没过来。"

"肯定是叫声不对，"奥斯卡说，"我还知道另外一种叫声。"

奥斯卡又发出了他所知道的最后一种叫声。

"它来了！"小威格尔小声说，"它走路的时候会发出吧嗒吧嗒的脚步声。"

两个男孩可以看到鹅从门里走了出来，来到了小棚子前面。

"我们该怎么把它弄到篱笆外面去？"小威格尔小声问道。

"我们把它举过去吧。"奥斯卡说。

"你疯了吗？"小威格尔说，"它差不多跟麦森夫人一样胖。"

"篱笆上好像有一个洞。"奥斯卡说。

然后他又发出了叫声，鹅听到叫声，一路在后面跟着他们。

他们果然在篱笆上发现了一个洞，鹅高高兴兴地跟着他们，一路走到了卡尔家。

"我们该怎么叫醒一个正在睡觉的男孩？"奥斯卡问道。

"我们往他的窗户上扔石头吧。"小威格尔说，

他们在路上捡了一堆石头，通通扔向了卡尔的卧室窗户。不

过，卡尔还是没有醒。

"可能得扔得再用力一些，"小威格尔说，"他肯定没有听见，因为他正在做梦呢。"

奥斯卡找到了一块大石头。

"这个他肯定能听见。"然后他用力把大石头扔到了窗框上。

咚！发出了一声巨大的声响。

可是，卡尔还是没有醒。

"我猜，也许他是因为害怕被他妈妈发现，所以他不敢醒。"小威格尔说，"太遗憾了，我本来还想看看他的睡衣长什么样子。"

"睡衣是什么？"奥斯卡问道。

"就是一种类似衬衫的东西，"小威格尔说，"穿睡衣之前必须要洗澡。"

"真奇怪，"奥斯卡说，"他每天晚上都穿着睡衣睡觉吗？"

"对呀，"小威格尔说，"真吓人，他每天晚上都要洗澡！我猜是泡澡。我估计他每天都要用掉一整块香皂，还要用掉三四块肥皂屑。"

"要不然，我们明天早上早点儿过来，等他起床的时候看看他的睡衣。"奥斯卡说，"我们现在先去单身鹳那儿吧，我们总不能一整夜都等着他起床。"

"可能他根本就不会醒，"小威格尔说，"他还穿着那种睡衣呢。"

　　他们开始朝着商店老板家走去。鹅寸步不离地紧紧跟在他们后面。他们走到商店老板家的房子时，看到单身鹳还是坐在烟囱上一动不动。

　　"我感觉，烟囱比今天早上的时候还要歪，"小威格尔说，"幸好我们给它找到了妻子。"

　　"可是，我们该怎么把它叫醒呢？"奥斯卡说，"我觉得它可能不会飞。"

　　男孩们站在那儿，看着这只他们借来的鹅。

　　"你说得对呀，"小威格尔说，"我们该怎么把这么沉的一只鹅送到房顶上去呢？"

　　"要是我们有梯子就好了，"奥斯卡说，"这样它就能顺着梯子爬上去了。"

　　"不，我们还是让它在花园里的地上待着吧，"小威格尔说，"它们早晚是要去找新家的，但是没有梯子它又下不来。它如果从房顶上掉下来，会摔得很惨。那可不行。我们还是把它绑在水泵上吧，不然，它会一路跟着我们走回家的。"

　　于是，他们就把鹅绑在了商店老板家的水泵上，然后放心地各自回家了。

　　第二天早上，奥斯卡气喘吁吁地一路跑来找小威格尔，他喊道："快来！天呐，它的叫声也太吓人了。快跟我来！"

　　小威格尔连忙跟着奥斯卡跑了起来。

　　单腿公鸡被吓得跳到了空中，还抖落了一根羽毛。

　　"咯咯咯！"它朝着男孩们喊道。

　　不过他们已经顾不上听鸡叫了。他们赶到商店老板家的时候，听到了刺耳的叫骂声。这恐怕是他们所听到过的一位女士能发出的最洪亮的叫声。

　　"是麦森夫人，"小威格尔小声说，"她的叫声比屠夫的收音机还要响。你听听，她的叫声多吓人。哎呦，简直太刺耳了！"

　　商店老板家旁边站着穿着睡衣的麦森夫人，而商店老板此时正坐在屋顶上，腋下还夹着他的小提琴。商店老板看起来受到了巨大的惊吓。

"这是我听到和看到过的最丑陋的行为！"麦森夫人大声嚷道，"半夜偷走了我的鹅——莫腾！这简直闻所未闻，见所未见！"

"呃……"商店老板有点儿语无伦次，"呃……呃……"

"它就在你的花园里，"麦森夫人喊道，"我亲爱的莫腾怎么可能自己跑到这里，还把自己绑在了你的水泵上！呸！如果让我来决定，应该把你放进棺材里去。"

"棺材是什么？"小威格尔偷偷问奥斯卡。

"可能是一种帽子吧，"奥斯卡说，"我在书上看到过。"

"呸呸呸！"麦森夫人喊道，"从今往后，我连一根缝衣针都不会在你这里买了！"然后，麦森夫人把她的鹅抱起来夹在胳膊下面，气势汹汹地回家去了。

"天呐，她可真强壮，"小威格尔跟商店老板说，"她叫得像屠夫的收音机一样响。"

"不，比那更大声，"商店老板说，"大得多。不过我真是不明白，她的笨鹅怎么就跑到我的花园里来了。这简直超出了我的想象。"

"单身鹳不见了，"小威格尔说，"它肯定是被她吓跑了。"

"肯定是。"商店老板说，"不过，你们听着，孩子们，如果

你们能帮我一个忙，我愿意给你们每人一颗甘草糖作为报酬。你们觉得怎么样？"

"就一颗吗？"奥斯卡问。

"两颗，"商店老板回答道，"如果你们可以跑去铁匠那把梯子借来的话。"

"要梯子干什么？"小威格尔问。

"我要从房顶上下去，"商店老板说，"我现在头晕眼花。"

"可是，你是怎么上去的？"小威格尔问道。

"我也不知道，"商店老板说，"刚才实在太紧张了，我根本没注意。你们快去取梯子。"

小威格尔和奥斯卡赶忙去取来梯子。

等到商店老板爬下来，奥斯卡说："你不是说要给我们甘草糖吗？"

"是的是的，"商店老板说，"我现在就去拿。不过，等我先喘口气。"

等到男孩们来到学校，小威格尔说："我打算留一颗甘草糖给卡尔。单身鹳非要单身，又不是他的错。"

"我知道，"奥斯卡说，"我早就知道，单身鹳更愿意单身，我在书上读到过。"

"那你昨天怎么没说呢？"小威格尔问道。

"因为昨天我忘了呀！"奥斯卡说。

第三章
卡尔过生日

"明天，我要开一个生日派对，"卡尔说，"派对上会有生日蛋糕、饮料和红香肠。因为，我要过生日了。"

"生日？"小威格尔问道，"生日是什么？"

"就是我出生的那天，"卡尔说道，"之后，每年的这一天，人们都会过生日。过生日要邀请宾客，还能得到生日礼物。"

"哇哦，"小威格尔说，"难道一个人因为出生了，就可以得到礼物吗？"

"对呀，"卡尔说道，"不过当然，只有在过生日的当天才行。"

"我从来没有过过生日。"小威格尔说，"你是怎么出生的，卡尔？"

“我不知道，”卡尔说，“只有我妈妈知道。”

“我曾经见过小马出生的样子，”奥斯卡说道，“小马是从另一匹马的身体里出来的。”

“天呐，”小威格尔说，“从另一匹马的身体里？”

“是的，”奥斯卡说，“小马从大马的身体里掉了出来，然后它就出生了。”

“难道我们都是从马的身体里掉出来的吗？”小威格尔问道。

“我不知道，”奥斯卡说，“从来没有人告诉过我这件事。”

“无论如何，我肯定不是从马的身体里出来的，”卡尔赶忙说道，“因为我们家从来没有养过马。不过，明天是我的生日，你们都要来哦！”

“太棒了！”小威格尔和奥斯卡欢呼道，“我们也能吃蛋糕、喝饮料吗？”

“当然了，”卡尔说，“你们能吃多少就吃多少。”

“我们也能得到礼物吗？”小威格尔问道。

“那当然不行，”卡尔说，“不过其实我也不确定，我要问问我妈妈。不过我猜应该只有我能得到礼物。”

“没关系，”小威格尔说，“也许你会得到特别特别多的礼物，然后能给我们也分一些呢！”

“不行，”卡尔说，“生日礼物是不能给别人的，连最好的朋友都不能给。不过，你们可以送给我一个礼物，我会很开心的！”

"好啊！"小威格尔开心地说，"这个主意不错。应该是什么样的礼物呢？"

"你们自己决定就好，"卡尔说，"不过，你们不能告诉我是什么东西，这应该是一个秘密。"

"这真是我听说过的最有意思的事情了，"小威格尔说，"礼物居然是秘密！"

"对，"卡尔说，"只有我明天拆开礼物的那一刻，才能知道它是什么。"

"哇，实在是太有意思了！"小威格尔说，"期待吧，明天我一定会送你一份特别棒的神秘礼物。"

第二天放学之后，小威格尔和奥斯卡准备先理个发再去卡尔家。这是他们人生中第一次理发，因为卡尔说过，他妈妈喜欢男孩的头发理得干干净净的。他们俩各自抱着一个盒子，看起来无比神秘。

"你的盒子里是什么东西？"奥斯卡问道，"我感觉里面好像有东西在跳，好像是个动物。"

"这是个秘密，"小威格尔说，"在我的好朋友卡尔打开盒子之前，不能告诉任何人。"

"我的礼物也是，"奥斯卡说，"它跟你的礼物一样神秘。"

"我觉得不是，"小威格尔说，"我的礼物是有史以来最最最神秘的！"

"不可能，"奥斯卡说，"我的礼物比你的更神秘！"

"你胡说，"小威格尔说，"我不想听你说这些。"

"你的礼物不过是一只癞蛤蟆，"奥斯卡说，"癞蛤蟆一点儿都不神秘。"

"胡说八道，"小威格尔说，"你怎么知道它是癞蛤蟆？"

"我能听出来，"奥斯卡说，"你摇晃盒子的时候会发出一种声音。"

小威格尔气得不得了，他一把扯掉了奥斯卡的帽子，然后用力把帽子扔到了路上。

"你不能因为我知道你盒子里装的是什么东西，就扯掉我的帽子。"奥斯卡生气地说。

然后，奥斯卡也一把扯下了小威格尔的帽子，把帽子扔在了自己帽子的旁边。

"啊啊啊！"小威格尔大喊道。

很快，两个男孩倒在马路边上的沟里斯打了起来。他们打得不可开交，完全没注意到，屠夫骑着公羊莫斯来到了他们旁边。

"别打了，"屠夫喊道，"瞧瞧我看见了什么，一对打架的兄弟。"然后，他突然大声地笑了起来，笑得从公羊莫斯身上掉了下来。

"你看到了吗，"小威格尔一边扯着奥斯卡的一只耳朵一边说，"你看到屠夫从公羊身上掉下来了吗？实在是太搞笑了，哈

哈哈！"

两个男孩停止了厮打，朝路上看过去，屠夫正在捧腹大笑。

"一对打架的兄弟，"屠夫一边大笑一边说，仿佛他没有从羊身上掉下来一样，"哈哈哈，偶尔健康地打一架也挺好。"

"不是偶尔，"奥斯卡说，"我们生气的时候就可以打架。"

"哈哈哈哈哈！"屠夫一边笑一边又爬回了公羊背上，他因为大笑出了很多汗，他一边用手擦了擦自己额头上的汗，一边问道，"你们的盒子里装了什么东西，我能问吗？"

"这是一个秘密，"小威格尔说，"对吧，奥斯卡？"

"对，"奥斯卡说，"我们不会回答的。"

"它们看起来很有趣，"屠夫说道，"哈哈哈。好吧，玩得开心，孩子们。"然后他朝着小镇的方向去了，还一直"哈哈哈"。

"其实，你知道我的盒子里装了什么东西也没关系，"小威格尔说，"只要你不告诉别人就行。"

"不会的，"奥斯卡说，"我也可以告诉你我的盒子里装了什么。"

"耶耶耶！"小威格尔高兴地说，"我很想知道，奥斯卡。"

"里面什么东西都没有。"奥斯卡说。

"什么东西都没有？"小威格尔一副惊恐的样子，"可是，我们不能送空的礼物啊。"

"可以的，"奥斯卡说，"因为我的盒子里的东西，是**隐形**的。"

"天啊，"小威格尔说，"这么神秘，连看都看不见！"

"没错！"奥斯卡说，"所有礼物里最神秘的礼物。"

"是的，"小威格尔说，"你真擅长找神秘礼物，奥斯卡。"

"对呀，"奥斯卡一本正经地说，"我整个晚上都在拼命用脑子想。"

男孩们捡起了帽子戴在头上，一起高兴地走向卡尔家。

卡尔的妈妈给他们开了门。

"你们好，"她说，"欢迎你们。不过，你们怎么看起来这么脏！我的乖乖呀，你们是打架了吗？"

"呃，没有，"小威格尔说，"我们在路上遇到了一头公牛，一头特别大特别凶猛的公牛，它用角顶了我们。对吧，奥斯卡？"

"是的，"奥斯卡说，"特别凶猛，还用角把我们顶进了麦田里。"

"对，"小威格尔说，"然后它还跑进了屠夫的商店。"

"天呐，小可怜们，"卡尔的妈妈说，"实在是太可怕了，它有没有撞坏什么东西？"

"有啊，"小威格尔说，"我猜它撞碎了几块玻璃，一些小块的玻璃。"

"啊，那我们得赶紧去找铁匠，"卡尔的妈妈说，"必须得把这头公牛捉住，不然它会带来更大的危害。"

"它已经被捉住了，"奥斯卡说，"我看到，它跑进了屠夫的商店之后，好像就被捉住了。至少，我们躺在麦田里的那会儿，它没有再出来。"

"你们疼不疼？"卡尔的妈妈说，"你们没有被划伤吧？"

"伤了很多地方，"奥斯卡说，"在衣服里面。"

"哎，"卡尔的妈妈说，"幸好不是很严重。你们把脚在脚垫上多蹭一蹭，然后进屋来跟过生日的小寿星打招呼吧！"

"跟谁？"小威格尔问道。

"跟卡尔。"卡尔的妈妈说，"你们应该知道，他今天过生日呀。"

"我们知道他今天过生日，也知道他将要收到神秘的礼物，"小威格尔说，"不过，我们没听说有什么寿星。"

"啊，原来如此。"卡尔的妈妈说。

男孩们把每只脚在脚垫上来回蹭了十次，然后走进了卡尔家的客厅。

"哎呀，"卡尔说，"你们来得真早。"

"对呀，"小威格尔说，"而且，我们还带了你说的礼物。"

"一人一个，"奥斯卡说，"我的礼物是最神秘的。"

"对，确实是这样，"小威格尔说，"而且，奥斯卡为了想到这个礼物，一整晚都没有睡觉。"

"天呐，这太可怕了，"卡尔的妈妈说，"那你肯定困得不得了吧？"

"没有，"奥斯卡说，"我晚上从来不睡觉。"

"天呐，太吓人了，"卡尔的妈妈说，"卡尔每天晚上要睡九个小时。"

"他还穿睡衣，"小威格尔说道，"但是奥斯卡和我不想每天晚上都洗澡。"

"哦，"卡尔的妈妈说道，"原来如此。"

"我现在能打开礼物吗？"卡尔问。

"可以，"小威格尔说，"奥斯卡的礼物最后再看。"

卡尔先拆开了小威格尔的礼物。

"哇！"他说，"我一直想要这个，但是我妈妈说它太脏了。"

"我能看看这个很棒的礼物吗？"卡尔的妈妈说道，"它看起来很不错……"

然后，卡尔的妈妈突然不说话了。她看到癞蛤蟆的一瞬间，就尖叫着跑进了厨房。

"你妈妈跑得可真快呀，"小威格尔说，"你妈妈跑步真勇猛，比我们在路上遇到的那头公牛还要勇猛。"

"可能因为今天是我的生日吧，"卡尔说，"她平时从来不跑步的。"

"现在，你该打开**我的**礼物了。"奥斯卡说。

卡尔拆开了奥斯卡的礼物。当他打开盖子之后，他不知所措地盯着盒子看了好一会儿。

"你肯定是忘记把礼物放进去了，"他说，"我看盒子里什么东西都没有。"

　　"哈，"奥斯卡看起来十分高兴，"盒子里其实是有东西的。"

　　"但是，我觉得我什么都看不见啊。"卡尔说。

　　"因为，这个礼物是隐形的，"这一刻，奥斯卡仿佛成了世界

上最幸福的男孩，"这其实是一个隐形的苹果。"

"哇啊啊！"小威格尔盯着盒子里看。他嫉妒得脸都绿了。

"那……隐形的苹果能吃吗？"卡尔说。

"当然，"奥斯卡说，"不过，我不知道它是什么味道的。"

卡尔掰了一小块隐形的苹果，放进嘴里嚼了嚼。

"我觉得它没什么味道，"他说，"我觉得有点儿像空气的味道。"

"你再多吃点儿，"小威格尔说，"苹果皮里肯定没有多少汁水。"

这时，卡尔的妈妈从厨房伸出头来，想要看看那只恶心的癞蛤蟆有没有被装回盒子里。结果她发现，她的儿子，生日寿星，正站在那里，仿佛在大口地嚼东西，一只手还奇怪地举着。过了一会儿，他把那只手举到嘴边，看起来好像在空气里咬了一口。然后，他又一次大声地嚼了起来，就好像一个正在啃苹果的小男孩。

"你在干吗？"她问道，"我感觉你好像在嚼什么东西一样。"

"我在嚼一个隐形苹果，"卡尔说道，"这是我的朋友奥斯卡送给我的礼物。"

啪的一声巨响，卡尔的妈妈重重地把门关上了。

"天呐，"小威格尔叫道，"天呐，你妈妈好有意思！她做的事情都好好笑！"

这是能让卡尔的妈妈念念不忘很多年的一个美好的生日。

首先，奥斯卡吃光了蛋糕上面所有插着蜡烛的部分，小威格尔喝光了八瓶汽水。喝完他觉得肚子很痛，在其他人都在吃东西的时候，他只能躺在地板上。

吃完东西之后，他们围坐在地上玩癞蛤蟆。他们试着给癞蛤蟆喂红香肠吃。但是看起来，癞蛤蟆似乎不太喜欢红香肠。卡尔的妈妈全程都非常搞笑。她一看到地上的癞蛤蟆，嘴里就大喊大叫着他们听不明白的话。

"你妈妈会说德语吗？"小威格尔问道。

"我不知道呀，"卡尔说，"不过她一般不会这么大声说话。"

这时，癞蛤蟆在地毯上干了一件他们觉得不太好的事情，于是，卡尔的妈妈出来说，他们应该带着癞蛤蟆出去玩儿。

外面正在下雨。几个男孩在草地上挖了一个水沟，一个大大的水沟，然后用水管往里面注满水。等他们玩够了之后，他们又爬到屋顶上，再顺着烟囱滑下来。烟囱里特别黑，奥斯卡在里面被卡住了半个小时。

他们后来又爬上了卡尔妈妈的李子树，小威格尔一不小心折断了一根树枝，从树上摔了下来，还摔出了鼻血。

最后，卡尔的爸爸回家了。他一不小心摔倒在地上的水沟里，天蓝色的西装上全是泥巴。他非常生气地说，卡尔该去睡觉了。

"哇！"小威格尔说，"那我们能留在这儿看他的睡衣是什么

样子吗？”

"不行！"卡尔的妈妈喊道。

"不行！"卡尔的爸爸也喊道，"你们现在该回家了，卡尔的妈妈头很痛。"

"这真是太遗憾了，"奥斯卡说，"那我们可以站在花园里，等他站到窗户旁边再看。"

"不行！"卡尔的妈妈再次嚷道。

"好吧，"小威格尔说，"那我们还是回家吧。这是一个非常有趣的生日聚会，夫人。"

"不！"卡尔的妈妈喊道。

"好吧，"小威格尔说，"等卡尔下次过生日的时候我们再来。可能下一次会更有趣吧！"

"不！"卡尔的妈妈大喊着说，"卡尔不会再过生日了！"

"太奇怪了，"在回家路上小威格尔对奥斯卡说，"为什么他不再过生日了呢？"

"我不知道呀，"奥斯卡说，"不过，过几天我打算过生日。到时候我们再吃一两个生日蛋糕。只是很可惜，我妈妈没有卡尔的妈妈那么好笑。"

第四章
神秘宝藏

有一天，卡尔得到了一条新裤子。

裤子是红色的，上面有蓝色的条纹。

"你是怎么得到这么棒的裤子的？"小威格尔问他，"这是我见过的最好看的一条裤子，比铁匠的周日裤还要好看。"

"是我在思迈乐镇的阿姨送的。"卡尔说。

"我没有阿姨，"小威格尔说，"至少没有在思迈乐镇的阿姨。"

"那你应该去找一个，"卡尔说，"她有很多好看的裤子。"

"这条裤子有好多口袋，"小威格尔说，"一共有多少个，卡尔？"

"五个，"卡尔说，"每个口袋里都有一张小纸条，叫做宝藏

纸条。"

"宝藏纸条？"奥斯卡问道，"什么是宝藏纸条？"

"就是用来寻找宝藏的纸条。"卡尔说道。

"我在一本书里读到过宝藏，"奥斯卡说，"书上说，有人在地下发现了一个宝藏。书上还说，他之所以能找到宝藏，是因为他是一个好人。"

"我的纸条上其他什么都没写，"卡尔说，"只写了哪里有宝藏。"

"书里的那个人为了寻找宝藏在地里挖了很多很多天，"奥斯卡说道，"他挖了一天，也可能是三天。后来，就因为他是个心地善良的好人，所以他找到了宝藏。"

"我的纸条上其他什么都没写，"卡尔说，"只写了哪里有宝藏，并没有写要去挖，或者要当好人。"

"到底是什么样的宝藏呢？"小威格尔说。

"就是个普通的宝藏，"卡尔回答道，"一个神秘宝藏。"

"哇哇哇！"小威格尔兴奋地说，"一个神秘宝藏！这样的宝藏我从来没有听说过。"

"是的，"卡尔说，"但是它确实存在。这里写着：神秘宝藏。"

"那这样的宝藏会藏在哪里呢？"奥斯卡问道。

"在山上。"卡尔说。

"但是这里没有山呀，"奥斯卡说道，"我从来没有在附近见过山。可能只有在巴黎或者阿拉伯才有山吧。"

"俄罗斯也有，"小威格尔说，"菲英岛也有山。"

"菲英岛没有山，"卡尔说，"菲英岛上有老鼠，但是没有山。"

"不可能，"小威格尔说，"我去菲英岛旅行的时候，就去过一座小山，尖形的山。"

"纸条上真的没有写有宝藏的山在哪里吗？"奥斯卡问道。

"没有呀，"卡尔说，"纸条上只写着宝藏，你们自己看。"

奥斯卡和小威格尔看了看纸条上的字。

"没错，"小威格尔说，"你有没有想过要卖掉这个纸条？"

"没有，"卡尔说，"我得先问问我妈妈，她能决定我可不可以卖掉我的纸条。"

"啊，"小威格尔说，"太可惜了。"

第二天，卡尔来找小威格尔说，他妈妈同意他卖掉这张纸条。他说，他妈妈完全不在乎。

"她说，纸条上是胡说八道，"卡尔说，"这样的纸条在每一条裤子里都有，她说。"

"我的裤子里就没有，"小威格尔说，"你妈妈真的说所有的裤子都有宝藏纸条吗？"

"对，"卡尔说，"她说，上面的话没有什么含义。"

"太奇怪了，"小威格尔说，"我有好几条裤子，但是没有一条里面有这样的纸条。你确定，你妈妈允许你把它卖掉吗？"

"非常确定，"卡尔说，"她说，我应该把它扔掉。"

"好吧，那肯定是真的了。"小威格尔说，"你想卖多少钱呢？"

"我不知道，"卡尔说，"一颗或者两颗甘草糖吧。"

"太遗憾了，"小威格尔说，"我没有甘草糖，不过等我们找到了宝藏，你可以拿走其中的一部分。"

"那我愿意。"卡尔说。

小威格尔接过了纸条。

"上面写了有金子吗？"奥斯卡问道。

"没有，"小威格尔说，"只写着在这座山里有宝藏，要自己去寻找。"

"上面写着'思迈扣-达克'，"卡尔大声地读出了纸条上的字，"这上面说，要念出来'思迈扣-达克'。"

"对，"小威格尔说，"意思是说，到了山脚下的时候，要念出'思迈扣-达克'，不然就找不到神秘宝藏。"

"这是什么意思？"奥斯卡问道。

"没有人知道，"小威格尔说，"如果你想要找到宝藏，那你就必须念这个。"

"我妈妈说，'思迈扣-达克'没有什么含义，"卡尔说，"尽管听起来挺好听的。"

"等我们放学之后，我们一起去找那座山吧，"小威格尔说，"我好想找到神秘宝藏。"

当天下午，几个男孩沿着满是尘土的公路去寻找山。

路上，奥斯卡跟其他两个男孩说，他在一本书里读到过，所有山的周围都住着山民。

"什么是山民？"小威格尔问道。

"就是一群住在山里头的人。"奥斯卡说。

"要是我们也能见到山民就好了，"小威格尔说，"真想看看他们的样子。"

"他们危险吗？"卡尔问道。

"书上没有说，"奥斯卡回答道，"书上只说他们住在那里。"

"肯定就是他们把宝藏藏了起来，"小威格尔说，"要是我们能找到他们就好了。"

男孩们继续赶路。天气非常热，空气中到处都是苍蝇。

突然，一只苍蝇飞进了卡尔的耳朵。

"嘿，嘿，嘿！"他大喊着，"耳朵被挠得真舒服啊！你们也应该试试。"

奥斯卡和小威格尔都试着想抓一只苍蝇放进耳朵。看起来容易，做起来却很难。

"可能只有像卡尔那样的耳朵，苍蝇才能飞进去吧，"小威格尔说，"我们的耳朵可能太脏了，奥斯卡。"

"你们看！"奥斯卡突然停下来说，"那边田野上的草长得真旺盛，用这些草就可以建起来一个山洞。"

男孩们走进了田野里。他们先把草堆成了小山一样的形状，然后他们从草堆中间的洞里爬了进去，这样他们还能把头伸出来。

"我们要不要在路上堆一个大草堆？"小威格尔说，"这样车就过不去了。"

"好啊好啊，"另外两个男孩说，"这是个好主意。"

于是，男孩们一起在路中间堆了很多很多的草。

"要是我们能堆一个特别大的草堆，就可以堵住一整辆车了，"卡尔说，"一辆完整的、巨大的、活着的车。"

"车不是活的。"奥斯卡说。

"不，车就是活的，"卡尔说，"它们可以自己开动。"

"不对，"奥斯卡说，"要人先启动发动机，车才能动。"

"快看，来了一辆车！"小威格尔兴奋地大叫。

在灰蒙蒙的地平线上，一辆载着许多乘客的公交车缓缓驶来。车越来越近了。

"哇，太有意思了！"小威格尔小声说。

公交车开到草堆前面时停了下来，车上的所有人都纷纷下车站在路中间。

"这个大草堆到底是从哪儿来的？"一个男人喊道，"太奇怪了！"

"可能是风把草吹到了一起吧。"一位女士说。

"肯定不是风，"一个戴着红色围巾的男人说道，"都好多天

没有刮过大风了。"

"就是风,"那位女士说,"上周日就刮风了。"

"可是,那是四天以前的事情了,"戴围巾的男人说,"这么长时间,草堆不可能一直待在路中间不动的。"

"哎,他们可真笨!"小威格尔小声嘟囔道。

"嘘,"奥斯卡赶忙说,"小心别让他们听见我们的声音。"

"那我们该怎么赶路啊,"一位老妇人说,"我要去看我的女儿,如果我不去的话,她会特别特别难过的。"

"就是。"其他站在车旁边的人也都在抗议。

"我们该怎么继续开车呀?这简直是一座山。"

"你们听到了吗,"卡尔说,"他们说,这是一座山。"

然后,他突然站起身来。"思迈扣-达克!"他用尽全身力气,大声、清楚地喊出了暗号。

"你是不是傻子?!"奥斯卡一把拽住卡尔的腿把他拉回了草堆里,"他们会发现我们的。"

"可是,"卡尔说,"你们没听到吗,他们说,这是一座山。"

"听到了,"奥斯卡小声说,"但是,这是我们自己做的山,自己做的山不能算数。"

一个男人说:"什么?我好像听到了什么声音。"

"对,"那位老妇人说道,"听起来好像有人在哭。"

"不对,"戴围巾的男人说,"更像是有人在求救。"

"我觉得是一头母牛发出的叫声。"一位拿着手提包的女士说。

"也可能是公牛。"一个秃顶的男人说。

"什么,"所有人都吓坏了,"这里有野公牛吗?"

所有人都用最快的速度回到车上。他们拥挤着上车,还碰掉了老妇人的帽子。

"我们快走,"他们大喊道,"赶快!"

然后,公交车就沿着来时的路全速开走了。

小威格尔、奥斯卡和卡尔笑得直不起腰来。

"你们听到了吗,"小威格尔边笑边说,"他们还以为你是一头野公牛,卡尔。"

他们不得不捂住肚子,好让自己不要笑得太厉害。

"可是,"卡尔又说,"你们没听到他们说这是一座山吗?"

"我觉得草堆成的山里没有宝藏,"奥斯卡说,"我从来没有在书里读到过。"

"对,"小威格尔说,"我们也没有看到什么山民呀。"

"那我们还是试试嘛,"卡尔说,"反正也不会怎么样,来呀!"

几个男孩来到草堆旁边。

"我们先稍微在草里挖一下,"卡尔说,"然后喊'思迈扣-达克'。"

接下来,他们一边挖草堆,卡尔一边喊"思迈扣-达克"。可是,除了草还是什么东西都没找到。

"我说什么来着，草山里就是没有宝藏，"奥斯卡说，"草山里只有草。"

"而且现在它也不是一座山了，"小威格尔说，"山已经变成了一个薄煎饼了。"

"来吧，"奥斯卡说，"我们去找一座真正的山吧，一座用真正的土做的山。"

"好，"小威格尔说，"我们可以爬到小山坡上去。可能其中某一个小山坡就是山。"

另外两人也觉得这是个好主意。

等到他们爬到山坡上，他们第一眼看到的是一头条纹母牛。它正躺在山坡上反刍。

"难道这就是宝藏吗？"卡尔说。

"不是，"奥斯卡说，"动物肯定不是宝藏。"

"你怎么知道的？"卡尔说，"纸条上又没有说。"

"不对，"小威格尔说，"这头母牛是一个很棒的宝藏。让我们来喊'思迈扣-达克'吧。"

尽管小威格尔喊了"思迈扣-达克"，山坡上的母牛却还是一动不动，不管他多用力拉它的角都没用，母牛一直在继续反刍。

"没关系，"小威格尔说，"我们再去找更好的。这样的母牛也没什么意思。"

男孩们在山坡上走了几圈。他们发现了一片黑莓树丛，然后吃了很多黑莓。但是，他们什么宝藏都没找到，尽管他们不停地喊"思迈扣-达克"。

"我们在地上挖坑试试，也许就能找到了。"奥斯卡建议道。

"好呀，"卡尔说，"不过我们该在什么地方挖呢？这里有这么多土。"

"这里，"小威格尔说，"我们就在我们站的这个地方挖吧！"

然后，他们就热火朝天地开始了。小威格尔用他的木鞋，奥斯卡用削尖了的树枝，但卡尔没怎么挖。他说，相比之下，他更擅长喊"思迈扣-达克"。

"有东西！"小威格尔突然喊道，"有宝藏！"

"思迈扣-达克！"卡尔连忙叫道。

"不过是一块白色的石头，"奥斯卡说，"它肯定不是宝藏。"

"不，"小威格尔说，"你想想，我们可以把它装进口袋里带着到处走。"

"呃，"奥斯卡不这样认为，"但是我们要找的是用金子做的宝藏石头。"

于是他们又继续往下挖着。

"哇啊！"小威格尔叫着，"又有一个宝藏！"

"思迈扣-达克！"卡尔又喊道。

"这不过是一把旧小刀，"奥斯卡说，"宝藏肯定不是旧的东西。"

"不对，"小威格尔说，"所有的宝藏都是旧的。"

他把这把生锈的小刀跟石头放在了一起。

又过了一会儿，小威格尔的木鞋挖到了某个很坚硬的东西。

"哇啊！"他大喊道，"没想到这座山里能找到这么多宝藏！幸好你发现了那个纸条，卡尔。"

男孩们把那个坚硬的东西挖了出来。

"唉，"奥斯卡叹了一口气，"只不过是一个旧花盆。"

"哇啊！"小威格尔兴奋地叫道，"一天发现了三个宝藏，这简直就像童话里写的那样，根本用不着什么山就能找到宝藏！"

"呃，"奥斯卡说，"真正的宝藏是金或者银做的。"

"你想想，"小威格尔说，"真正的宝藏是可以放在口袋里或者床底下的东西。"

男孩们回到镇上时，看到商店老板正坐在窗前。

"你们好，"他说，"你们今天做了什么？"

"我们找到了神秘宝藏。"小威格尔说。

"好啊，"商店老板说，"所有人都想找到神秘宝藏，但并不是谁都能找到的。"

"我们找到了三个宝藏！"卡尔开心地说。

他们向商店老板展示了他们找到的宝藏。

"你们真幸运，"商店老板说，"这些宝藏不是谁都能找到的，大多数人都以为宝藏是金子做的。"

奥斯卡一言不发。

等到他们回到小威格尔家的时候，奥斯卡说道："小威格尔，我想向你借其中一个宝藏。"

"我送给你一个，"小威格尔说，"你们每人都可以拿一个。"

于是，奥斯卡得到了白色的石头，卡尔得到了生锈的小刀。

"这样的白色石头放在兜里真不错，"奥斯卡说，"可以一边走路一边摸它。"

　　"对呀，"小威格尔说，"不过，最好的宝藏还是这个花盆，可以放在我的床底下。"

　　"你去哪里了，"卡尔回到家时，他妈妈问道，"怎么回来得这么晚？"

　　"我去了山里，"卡尔说，"我们找到了三个神秘宝藏。"

　　"这里没有山，"卡尔的妈妈说，"神秘宝藏只存在于童话里。"

　　"好吧，"卡尔说，"不过，我们确实是找到了。"

第五章
龙

　　有一天，奥斯卡到学校后跟大家说，他在山坡下的老磨坊里看见了一条龙。那条龙看起来很可怕，好像正站在磨坊里面祈祷一样。

　　"龙是什么？"小威格尔问道。

　　"你连龙是什么都不知道吗？"奥斯卡说，"你们知道吗？小威格尔居然不知道龙是什么。"

　　所有孩子都哈哈大笑，因为小威格尔不知道龙是什么。

　　"龙，"奥斯卡继续说道，"就是所有怪物里面最可怕的一种。"

　　孩子们瞬间都安静了下来。

　　"怪物？"小威格尔问道，"就是有两个头的那种东西吗？"

　　"不是，"奥斯卡的声音听起来深沉又愉悦，"它有四个大小不一的头，而且它有八条腿，每条腿朝向不同的方向。"

　　"八条腿！"所有孩子都惊呆了。

　　"没错，"奥斯卡说，"一共有八条腿。"

"那这样的龙会往哪个方向走呢？"小威格尔问道。

"当然是所有方向。"奥斯卡说。

"天呐！"小威格尔说，"这真是太有意思了！我也想看看这样的龙。"

"你疯了吗？"奥斯卡说，"它很危险的，比马还要危险！"

"可是马并不危险呀。"小威格尔说。

"比鲸鱼更危险，"奥斯卡说，"呃，比……比**狮子**更危险！对，比狮子危险一千倍！"

"你看到它的全部八条腿了吗？"小威格尔问道。

"我觉得是，"奥斯卡说，"我至少看到了七条。"

"可能它在战斗中失去了一条腿，"小威格尔说，"那它没有流血吗？"

"可能它是一种特殊的龙，"卡尔说，"一种只有七条腿的龙。你看到它的时候它在干什么？"

"它在撒尿。"奥斯卡说。

这时候，上课铃响了，红头发老师喊着让孩子们回到教室里。

"哈，"小威格尔说，"太有意思了！"

"不，"奥斯卡说，"是危险，比鲸鱼还危险。"

等到所有孩子都坐在教室里，红头发老师问奥斯卡，为什么他有两天没来上学。

"他去找龙了。"卡尔回答道。

"找什么？"老师大声问道。

"龙，"卡尔说，"少了一条腿的龙。"

"胡说八道，"老师说，"世界上没有龙。"

"不对，"小威格尔说，"它就在磨坊里。"

"你们都闭嘴，"红头发老师看起来非常生气，"奥斯卡今天放学之后留下，因为他没有按时来上学。逃课是违反道德的行为。而且，我不想再听到任何关于龙的胡话。"

于是，奥斯卡不得不在放学之后比其他孩子晚走半个小时。

奥斯卡把书装进他的帽子里准备回家，在路上，他遇到了正在商店老板家后面吃黄色李子的小威格尔。

"带我去你发现龙的地方吧，"小威格尔说，"我也想见识一下这家伙。"

"太危险了，"奥斯卡说，"它会把咱们俩都吃掉的。"

"不会的，"小威格尔说，"它只吃公主。我在一本关于龙的书里读到过，龙只吃公主和火焰。"

"万一它看错了呢，"奥斯卡说，"万一它把咱们看成公主了呢？"

"那我们带上卡尔吧，"奥斯卡说，"他长得绝对不像公主。"

于是，两个男孩一致决定要带卡尔一起去找龙。他们出发去接卡尔。

这时，卡尔正坐在台阶上磨着他的木剑。

"你想不想跟我们一起去抓龙？"奥斯卡问道。

"我不敢去。"卡尔说。

"呃，"小威格尔说，"龙没有鲸鱼那么危险。你可以带上你的木剑，如果它要吃我们，你就用剑刺它的头。"

"你看到的龙有多大？"卡尔问道。

"呃，"奥斯卡说，从我站的位置看过去，大概跟屠夫的羊差不多大。其实，它看起来也不是特别危险。至少从我站的地方看并不危险，可能不像鲸鱼那么危险。"

"那我带着绳子。如果我们能活捉它的话，就把它捆起来。"卡尔说。他走进妈妈的厨房拿了一根很长的绳子。

"你要去哪儿？"几个男孩正要翻出篱笆墙的时候，卡尔的妈妈问道。

"我们要出去抓龙。"卡尔说。

"吃晚饭前你必须回家，不然你就别吃饭了。"他妈妈说。

路上，他们经过了铁匠家的花园。

"你们这几个懒惰的小家伙要去哪里？"高大黝黑的铁匠问道。

"我们要去抓龙，"男孩们说，"它就在老磨坊里。"

"龙？"铁匠说，"龙非常厉害，是我知道的最厉害的生物。就你们几个小家伙能抓得住龙吗？"

说着，铁匠大笑起来，黑色的大胡子上下颤抖着。

几个男孩小心翼翼地靠近磨坊。但是他们没有看到龙，于是

他们悄悄地躲在醋栗灌木丛里，一边等着龙出现，一边吃着醋栗。

"你觉得，咱们是不是应该带上铁匠？"卡尔问道，"可能它比我们以为的还要危险。"

"你觉得，龙能打得过三个男人吗？"小威格尔问道，"你不是疯了吧，三个带着剑和绳子的男人就足够把龙吓倒了。"

"可能它一看到我们就跑掉了，"奥斯卡说，"要是它跑了就太可惜了。"

太阳开始下山了，卡尔说他很冷，最后，他实在忍不住说，他想回家吃饭。

突然，奥斯卡看到有什么东西从老磨坊的大水车后面出来了。

"它是红色的。"他说。

几个男孩目不转睛地盯着磨坊，但是他们什么都没看见。

"你上次看到的龙也是红色的吗？"小威格尔问道。

"我觉得是，"奥斯卡说，"不过，也可能是蓝色的，我记不得了，可能有点儿红……"

"可能龙会变色，"卡尔说，"或者，不止有一条龙。"

过了一会儿，太阳彻底落山了，三个人都觉得很冷。卡尔说，他必须得回家了，不然他就没有晚饭吃了。

"我们先去磨坊里看看吧，"小威格尔说，"可能它就在水车后面睡觉呢。"

小威格尔小心翼翼地走在最前面，奥斯卡和卡尔跟在后面，一起朝着磨坊走去。

磨坊里很安静，空荡荡的。水塘里的鱼用尾巴拍动着水面，几只鸟在大树上唱歌。远远地能听到小镇的面包房里，单腿公鸡正在打鸣。

"这儿什么都没有，"小威格尔很失望，"可能它住在别的地方吧。奥斯卡，你在其他地方看到过它吗？"

奥斯卡表示没有。

"好吧，"卡尔说，"这里没有龙。但是，龙曾经来过。"

水车后面高高的草丛里，有一条小小的、胖胖的龙正在睡觉。

小威格尔先看到了它。

"在那儿，"他说，"小心，你们不要吵醒它。"

"它只有两个头，"卡尔不敢靠近它，"可能这不是真正的龙。"

"而且它只有五条腿，"小威格尔说，"不过它还是很好玩。"

"可能它压住了另外几条腿吧，"奥斯卡说，"它的肚子那么大。"

"我们把它绑起来怎么样，"小威格尔提议道，"趁着它正在睡觉？"

"那我们该绑哪个头呢？"卡尔问道。

"当然是绑最好绑的那个头了。"小威格尔说。

"那谁去把它绑起来呢？"卡尔紧张得直跳脚，"反正我不去。"

几个男孩围着正在睡觉的龙看了一会儿。

"我去叫铁匠，"奥斯卡说，"你们先看着它。"

"我敢，"小威格尔说，"把绳子给我。"

小威格尔往龙的方向爬去。

"呕……它太臭了。"他小声说。

过一会儿，小威格尔成功地把它绑了起来。

"现在我们把它叫醒吧，"奥斯卡往后退了几步说，"醒来吧，龙！"

"呼，呼，呼……"龙继续睡着。

"试试用剑刺它，"小威格尔建议道，"刺它的肚子。"

卡尔小心地用剑刺了一下龙的肚子。

"嗷嗷嗷！"龙醒了。

一开始它还有些糊涂，但当它看到几个男孩后，它立刻跳起来想要吃掉他们。

"不要白费功夫了，"小威格尔对龙说，"我们带了剑，而且你的一个头已经被绑住了。"

"它确实有七条腿，"奥斯卡说，"我说对了吧，小威格尔，我说对了吧，我看到的龙有七条腿。"

"呕呕呕，它实在是太臭了，"卡尔躲在一棵树的树杈上说道，"我们回家之后得先给它洗个澡，不然我们就不能把它养在家里了。"

"来吧，我们回家。"小威格尔对龙说。

他拉起绳子的另一头，但是龙用力对抗着小威格尔，不想跟他们回家。

"你们快来帮我一起拉住它，"小威格尔说，"不然我们永远都拉不动它。"

三个男孩一起用力拉住绳子，但是龙纹丝不动。

"我们要是再用力拉的话，它就要被勒死了。"奥斯卡说。

"管他呢，"小威格尔说，"你想想，为什么龙有两个头呢？当然是因为这样的话，即使其中一个被勒住了，它还可以用另一个头。"

"试试从后面刺它，"奥斯卡建议道，"可能这样它就动了。"

"后面是哪里？"卡尔问道，"它两头是一样的呀。"

"可能因为它的每条腿都是朝向不同方向的，所以它哪儿都去不了，"小威格尔说，"啊，真是太有意思了！"

这时，龙发出一阵嚎叫，然后，它突然开始动了。

"它动了！"卡尔喊道，"天呐，真是太有意思了！"

它跟着几个男孩缓慢地在后面移动。

"龙就不能走得快一点儿吗，"小威格尔说，"这么走下去，我们要好几个小时才能走回家。"

"要不然，我们还是把它放了吧，"卡尔说，"喂养这么一条龙肯定要花很多钱。"

"公主，"小威格尔说，"它只吃公主和火焰。"

"公主，我们去哪里找公主？"卡尔问。

"你们真笨，我们当然是要把它带到铁匠家，"奥斯卡说，"他的铁匠铺里有很多火，至少够喂二十条这么大的龙了。"

几个男孩缓慢地走着，走到铁匠家时都已经天黑了。铁匠正站在门边，他们能看到他黑色的大胡子上面还沾着晚餐的残渣。

"孩子们，你们找到龙了吗？"铁匠朝着他们喊道。

"就一条，"小威格尔说，"不过它走得特别特别慢。"

铁匠一看到龙，吓得差点儿没站稳。

"我们是在磨坊那儿找到它的。"小威格尔说。

"真厉害！"铁匠叫道，"你们真是能干的小伙子。不过，这么个家伙吃什么呢？"

"公主，"卡尔说，"还有火焰！"

"那就让它进我的铁匠铺里吧，"高大黝黑的铁匠说，"我有很多火。"

几个男孩把龙拉进了铁匠铺里。铁匠铺的墙上挂满了马掌，中间还有一堆巨大的火焰。龙一看到火，立刻跑过去吃了起来。

"哇，"小威格尔开心地说，"它吃了！"

小威格尔一边笑，眼泪一边滑落了脸颊。

"红头发老师就是不相信磨坊里有龙，"小威格尔抽泣着说，"他是我见过的最蠢的老师。"

"我们去捉弄一下你们的老师怎么样？"铁匠说，"如果他不相信磨坊里有龙，那么他肯定也不会相信龙会出现在教室里。"

"好主意！"小威格尔很高兴，"这真是一个好主意，铁匠。明天我们要带它去上学。"

"哈哈，"铁匠笑着说，"就这么办。"

第二天早上，几个男孩都起得特别早，就连奥斯卡都无比期待去上学。离单腿公鸡开始打鸣还有很长时间的时候，小威格尔就起床了。他们把龙装进了一个大书包里，这样别人就不会发现他们带了什么东西。

"我们把它藏在书柜里怎么样？"小威格尔说，"他肯定会去书柜那儿的。"

他们一到学校，就小心翼翼地溜进教室，然后把龙放进了大书柜。

"希望龙不要把所有书都吃掉，"卡尔说，"如果它把老师的所有书都吃了怎么办？"

"它只吃火焰和公主，"小威格尔说，"闭嘴吧，卡尔。"

"你们在干什么？"红头发老师突然喊道，"立刻从教室里出去。"

他们连忙跑到了外面。

"你觉得他看见了吗？"卡尔说。

"没有，"小威格尔说，"我们等等看。"

上课铃一响，红头发老师把所有孩子都叫进了教室。

"今天，我们要学习野兔。"

"嗷嗷嗷！"这时，一个书柜突然发出了声音。

"什么声音？"老师说，"是谁在叫？"

"是龙，"卡尔说，"龙在……"

"嘘嘘嘘，"小威格尔连忙说，"你差点儿坏了大事，笨蛋。"

"嗷嗷嗷嗷嗷！"书柜里又发出了更大的声音。

"到底是谁？"老师生气地问，"是哪个讨厌的家伙在课堂上叫？"

就在这时，书柜的门突然开了，龙爬了出来。

"嗷嗷嗷！"老师吓得发出了尖叫，**"这是什么东西**？"

"这是龙，"小威格尔说，"是我们找到的龙。"

"你们这群小坏蛋，嗷！"老师吓得直接从教室的窗户跳了出去。

"你看到了吗？"小威格尔兴奋地大喊道，"他从窗户里跳出去了！天呐，实在是太好笑了！"

老师一直躲在院子里的篱笆后面，直到小威格尔和奥斯卡把龙带走之后，他才敢走进教室。

到了铁匠家，小威格尔说："你知道吗，铁匠，老师吓坏了，他从窗户跳出去了！"

"哈哈哈，"铁匠大笑起来，"我猜也是，他摔坏了吗？"

　　"没有，"奥斯卡说，"但是他打碎了玻璃。"

　　"哈哈哈，"铁匠笑着说，"真棒！"

　　"我们明天再玩一次吧，"小威格尔说，"也许，过不了几天他就会喜欢它了。每天都带着它上学多好啊！"

第六章
公路上的赶工人

第二天早上，几个男孩到铁匠铺时，发现龙不见了。铁匠铺里只剩下了一股浓浓的臭味。

"它去哪儿了？"小威格尔问道，"我感觉它好像跑掉了。"

"我也不知道。"高大黝黑的铁匠说，"我昨晚睡觉时，门是关着的，一个小时以前我起床的时候，门也是关着的。但是它凭空消失了，我只找到了一只小老鼠。"

"难道，龙能变成老鼠？"奥斯卡问道。

"我不知道，"铁匠说，"昨天这里有条龙，今天就只剩下一只老鼠。"

"真难过，"奥斯卡说，"本来还想再给老师看一次龙呢！"

"没关系，"小威格尔说，"我们就带这只老鼠去上学吧。他好像说过，他宁愿看到的是老鼠。"其他两个人都觉得这是个很棒的主意，于是，小威格尔把老鼠装进了自己的口袋里。

"老鼠也比龙要容易带得多。"铁匠说。

等到了学校，老师正准备叫孩子们进教室。小威格尔、卡尔和奥斯卡赶忙快跑了过去，险些又要迟到。

"龙不见了，"小威格尔说，"铁匠家现在闻起来就像臭奶酪一样恶心。"

"我还要说多少遍你们才能安静？"老师很不高兴地说，"我的耐心快要用尽了。"

"今天早上，龙变成了一只老鼠，"小威格尔说，"你看！"

红头发老师正准备张嘴骂人，但当他看到小威格尔的手帕里跳出来的老鼠时，他气得脸都红了。

"它一直在乱蹦，"小威格尔说，"啊，它跳到地上了。"

确实如此。老鼠跳到了地上，然后撒腿开始在教室里乱跑，教室里的所有女孩都尖叫着跳上了桌子和椅子。

"安静！"老师大喊道，他自己已经跳到了窗框上，整个人看起来像是疯了一样，"你们给我把这恶心的东西弄到门外去！"

"它不会做什么的，"小威格尔说，"而且，我们也捉不住它。"

这时，教室的门被敲响了：砰，砰。

"进来！"老师喊道。

门缓缓地开了，一个戴着黑色高帽的奇怪的头伸了进来。

"你们好，"奇怪的头说，"哗叭嘣，大家原来在练体操呀！"

"什么？"老师站在窗框上不明所以，"你是哪位？"

"我的名字叫胡萝卜国王，"奇怪的头说，"我听到了你们的叫声，于是进来看看我能不能帮上忙。"

"看，老鼠，"小威格尔说，"它跑出去了。"

老师从窗框上跳了下来。

"出去，"老师对奇怪的头不客气地说，"我们还要上课。"

"哔，叭，嘣，出门去。"奇怪的头说出了这样奇怪的话。

"那么，我就把老鼠带走了。"

门又缓缓地关上了，奇怪的头消失了。

"怎么回事？"小威格尔说，"我好像听到他说他叫胡萝卜。"

"安静，"老师命令道，"坐下来写字。至于你，小威格尔，这是你最后一次带动物到学校来。"

"刚才那个戴帽子的男人是谁？"所有孩子都在用嘴型互相问着这个问题。

"那个人只不过就是一个公路上的赶工人，"老师说，"他是一个非常游手好闲的人，这种人每天在公路上无所事事地游荡。"

"那肯定很有意思！"小威格尔说。

"安静！"老师再次命令道。

课间休息时，小威格尔对卡尔说："那个公路上的赶工人真有意思，我真想跟他聊一聊。"

"他们很危险，"卡尔说，"我妈妈说小孩不可以跟这种人说话。"

"可是，他看起来很有趣，"小威格尔说，"他对老师说的话也很有意思。"

"可能，他以前从来没见过老师站在窗框上吧。"卡尔说。

"我好像在哪里读到过，这些赶工人在公路上靠吃公里维生，"奥斯卡说，"在一本书里读到的。"

"公里，"小威格尔问，"什么叫公里？"

"就是公路上的一种东西，"奥斯卡说，"赶工人的食物。"

"原来如此，"小威格尔说，"我真想跟他打个招呼。他难道真的叫胡萝卜吗？等我们放学之后，我要去公路上看他吃公里。"

他们没想到的是，用不着特地去公路上找赶工人了，等孩子们放学回家的时候，他就站在路边。

"哇，他看起来好奇怪啊，"小威格尔说，"你看他的衣服。"

赶工人头上戴着黑色的高帽，站在商店老板家的前面。他穿着一件大大的绿色外套，尽管是炎热的夏天，他却戴着围巾。他唱了起来：

小鸟在歌唱，

人在点头，

春天来了。

你好，乌啦啦。

他旁边停着一辆奇怪的手推车，好像是一辆旧童车。

"我们去看看，"小威格尔说，"我们走。"

几个男孩走到奇怪的男人跟前。

"你真的叫胡萝卜吗？"小威格尔问他。

"当然，"赶工人回答道，"我叫胡萝卜国王。你想卖书吗，兄弟？"

"不卖，"小威格尔说，"那是我上学要用的书。"

"你们的学校真奇怪，"胡萝卜国王说，"你们为什么站在桌子和窗框上？我们上学的时候可不这样干。不过，我也只上过三天学而已。"

"你只上了三天学？"小威格尔疑惑地问道。

"对，"胡萝卜国王说，"三天之后，他们就把我赶出来了。"

"你做了什么？"小威格尔问他。

"我带了一条龙去学校，"胡萝卜国王说道，"但是，老师很不高兴。可惜，现在再也找不到那样的龙了，我已经很多年没有见过它们了。"

"昨天我们才捉住了一条，"奥斯卡说，"它特别臭。"

"以前它们也很臭。"胡萝卜国王说。

"你真的吃公里吗？"小威格尔问道。

"吃很多，"公路上的赶工人边笑边说，这时，他们发现他的嘴里只有两颗牙，"我每天都吃很多很多的公里。"

　　"如果我能像你一样就好了，"小威格尔说，"你的箱子里装了什么东西？"

　　"哗叽，"胡萝卜国王说，"里面有很多东西——瓶子、铭牌、花、一个咖啡壶、七分钱、一把没毛的刷子和一只罕见的鸟。"

　　"我们能看看吗？"男孩们问道。

　　公路上的赶工人打开了他的旧童车，从里面飞出来了一只灰色的大鸟，站在了他绿色的大衣肩膀上。

　　"哇哇哇！"男孩们看得目瞪口呆。

　　"这是一只无用鸟，"胡萝卜国王说，"它会说话。"

　　"它看起来很像乌鸦。"奥斯卡说。

　　"你不知道吗，乌鸦是红色的，跟两分钱硬币大小差不多。"胡萝卜国王说，"你们每天都上学，怎么连这个都不知道。"

　　"我们能听听它说话吗？"小威格尔问道。

　　赶工人戳了一下无用鸟。

　　"呜，呜，呜！"鸟开始叫了起来。

　　"这是什么语言？"卡尔问道。

　　"萨米语，"胡萝卜国王说，"所有真正的无用鸟都来自萨米。你们肯定没听说过吧？"

　　"从来没有，"奥斯卡说，"我也从来没有读到过。"

　　"啊，"胡萝卜国王说，"那是一个美丽的国家。那里的花像树一样高大，所有的人都住在空桶里。只有夜里才下雨，几乎所

有的动物都穿裤子。那真的是一个很棒的国家。"

"你去过吗？"卡尔问道。

"我去过吗？"胡萝卜国王反问道，"我在那里待了很多年。我每天晚上都待在那里。那是人们能够想象出来的最美丽的地方。那里很温暖，不论是夏天还是冬天。重点是，那里冬天很暖和。那里的人只吃阳光。每天，人们都坐在小马车里到处欢呼。"

"哇！"男孩们听得入神了。

"不过，最棒的地方是，那里的人不需要工作。他们只要一欢呼，就可以把阳光吞进嘴里。阳光的味道就好像草莓、李子、无花果、杏仁和果汁。在萨米，从来没有人哭泣，也没有人感到伤心或者生气。"

"怎么才能去萨米呢？"小威格尔问道。

"很难，"胡萝卜国王说，"我也无法解释到底应该怎么去。"

"太遗憾了，"小威格尔说，"我真想去尝一尝阳光的味道，然后坐着马车到处去欢呼。"

"你的箱子里还有什么？"奥斯卡问道。

胡萝卜国王拿起一个刷子，刷子上并没有刷毛。

"这有什么用？"小威格尔问道。

"我每天早上用它梳头，"赶工人说，"每次我用它梳头的时候，就能看到我所有的朋友，他们围在我身边，我们快乐地交谈，然后我就会踏上公路。告诉你们，我所有的朋友都是小男孩。"

"你懂得可真多，"小威格尔说，"你要是也住在镇上就好了，我们就能一起玩儿了。"

"真可惜，我要走啦，"胡萝卜国王说，"我要去跟我的朋友勇士船长一起出海。我们要在大海上航行，跟遇到的所有的鱼打招呼。我们还会碰到鲸鱼，它们特别友善可爱，会拖着我们的船前进。还有很多飞鱼会一边叫着'哩'一边飞。"

"它们会叫'哩'？"卡尔感到很神奇。

"对，是的。它们会绕着我们不停地飞，它们的翅膀五颜六色，就像花一样。我们还会见到河豚，它们心情好的时候就会倒着游泳。还有一刮风就会吹笛子的针鱼。我们还会攀上像山一样高的海浪，然后从另一边下来。"

"天呐，"小威格尔问道，"我能跟你一起去吗？"

"恐怕不行，"胡萝卜国王说，"勇士船长只愿意带我一个人去航海。勇士船长有点儿特别，他的船是用纸做的，只有我也在的时候他才愿意出海。之所以我能跟他一起去，是因为我是在幸运星下出生的。"

"幸运星是什么？"小威格尔问道。

"幸运星就是挂在一串绳子上的红色星星中的一颗。到了冬天，抽雪茄的时候就能看到它们。"

"你懂得可真多啊，"小威格尔说道，"我从来没听过有人能像你一样这么会讲故事，胡萝卜先生。"

"这就是为什么我有很多朋友,"胡萝卜国王说,"我现在要给你们看一样东西,一般情况下我只给最好的朋友看的。"

接着,他把手伸进旧童车里,掏出来一样东西。

"这是什么?"几个男孩问道。

"一个铭牌。"赶工人说。

"它能干什么?"卡尔问道。

"你们看。"赶工人说。

他从童车里拿出来一个盖子上长满蛤蜊的小匣子。他打开盖子,把匣子伸到他们的面前,让他们往里看。

"是金子。"小威格尔说。

"金色的铭牌,"胡萝卜国王说,"它可以像奖牌一样挂在胸前。有一次,我在下雪天里倒着跑步,因此得到了国王的赏赐。"

"哇,"小威格尔感叹道,"这样就可以得到一个铭牌吗?"

"对,"赶工人说,"国王心情好的时候就可以。好了,孩子们,我要走了。遇到你们很高兴。"

"我们不能跟你一起去吗?"小威格尔问,"去萨米。"

"不行,你们只有靠自己才能找到它,"胡萝卜国王说,"我无法带你们一起去那里。"然后,公路上的赶工人就继续赶路去了。几个男孩站在商店老板家旁,目送着他远去。

"他是谁?"商店老板问道,"他的头上好像有只乌鸦。"

"那不是乌鸦,"小威格尔说,"那是萨米的无用鸟。"

　　"哈，"商店老板说，"如果我猜得没错，这个人肯定还认识国王。"

　　"对，"卡尔说，"他曾因为在雪中倒着跑步得到了一块铭牌。"

　　"哈，"商店老板接着说，"他肯定给你们讲了很多很多故事。"

　　"是的，"小威格尔说，"那是我所听过的最棒的故事！"

第七章
建筑师

"这一大堆木板是干什么用的？"

有一天，奥斯卡来到小威格尔家，发现到处都胡乱堆放着很多旧木板。

"这是糕点师傅给我买的，"小威格尔说，"他觉得，我需要一个更大的房子。鸡舍应该扩建，屋顶也应该翻修一下，不然一到了下雨天，我的床上面就会漏雨。"

"那谁来盖呢？"奥斯卡问道，"我没看到有木工师傅啊！"

"你、我，还有卡尔，"小威格尔说，"如果你们愿意的话。"

"我们可以加入吗？"奥斯卡兴奋地大叫，"太棒了！我从来没有盖过房子。"

"我也没有，"小威格尔说，"我试了试在纸上先把它画出来，真正的木工都会在盖房子之前就把房子画出来。"

"我能看看你画的图吗？"奥斯卡问道。

小威格尔给奥斯卡看了自己的图纸。

"你真的想好了吗？"奥斯卡看完之后问道，"这看起来是一栋特别大的房子。"

"对，"小威格尔说，"房子上还应该有个尖塔，就像那些古老的城堡一样。"

"太好玩了，"奥斯卡说，"我们什么时候开始呢？"

"明天，"小威格尔说，"明天早上六点。"

"太早了吧，"奥斯卡说，"我们不能等到八点钟再开始吗？"

"不行，"小威格尔说，"那我们永远都完不成了。明天早上六点，如果你要加入的话。"

"好吧，"奥斯卡说，"那就这么说定了。"

"如果明天之前你能找到旧木板的话，也可以一起带过来，"小威格尔说，"毕竟，我们要盖一栋很大的房子。"

"好的，我看看能不能找到。"奥斯卡说，"我太期待明天的到来了！到时候，我会叫上卡尔一起来的。"

第二天早上六点，单腿公鸡对着小威格尔的耳朵打起鸣来。它看起来有点儿暴躁，因为它起得太早了。

　　小威格尔从床上爬起来，拿了一罐苏打水，然后走出了鸡舍。奥斯卡和卡尔都已经到了，他们正站在木板旁边打哈欠。

　　"早上好，"小威格尔说，"首先，我们要挖一些洞。"

　　"干什么用？"奥斯卡一边打哈欠一边问，"我们盖房子为什么要挖洞？我从来没听说过真正的木工会这么干。"

　　"用来固定木板，"小威格尔说，"不然刮风的时候房子就倒了。"

　　"就算刮风的时候，这么大的房子也是不会倒的，"奥斯卡说，他很不愿意挖洞，"你说过，这是一个很大的房子，小威格尔。"

　　"好吧，"小威格尔说，"那我们就不挖洞了。"

　　"我们可以在鸡舍的上方盖房子，"卡尔说，"这样应该比较容易。"

　　"我怎么没想到？"小威格尔说，"不过，我们可以先从尖塔开始建，肯定可以从鸡舍上面建起来。"

　　另外两人也觉得这是个好主意，于是，几个男孩开始用锤子在鸡舍上搭木板。

　　"嗷！"奥斯卡突然叫了一声，"嗷，我的手指头！"

　　"怎么了？"小威格尔问。

　　"我不小心用锤子砸到了手指，"奥斯卡说，"好痛啊！"

　　"这是你钉的第一块木板，"小威格尔说，"如果你还是用这种方式继续钉的话，不等房子盖完，你所有的手指头就都破了。"

"我会小心的。"奥斯卡边说边用嘴含着疼痛的大拇指。

"嗷!"卡尔又叫道,"我的食指!嗷,嗷,嗷,嗷!"

"呃,"小威格尔说,"你们真是不太擅长建房子!"

卡尔含着自己受伤的食指,他整个脸都红了。

"我们需要先学习一下,"他说,"钉子太大了。"

然后,几个男孩又继续热火朝天地干活。

每隔一会儿,他们其中一个人就会因为被锤到了手指而嚎叫。

八点钟的时候,高大黝黑的铁匠路过了他们这里。"哈,"他叫道,"你们几个捣蛋鬼在蛋糕房的鸡舍上干什么呢?"

"我们在建一个尖塔,"卡尔说,"然后还要建一个大房子。"

"哈,"铁匠大声说道,"我猜你们肯定大多数时间都在砸自己的手指头吧!"

"我们谁都没有砸到手指头。"奥斯卡说。

"哈,我信了,"铁匠说,"那你的大拇指怎么红了,小伙子?"

"因为它蘸了红醋栗汁,"奥斯卡说,"所有真正的铁匠都是这样做的。"

"哈,"高大黝黑的铁匠笑着说,"祝你们建房子开心。"

然后,他一边摸着自己的肚子,一边不停地笑着离开了。

"我觉得,他好像在笑话我们,"小威格尔说,"不过让他等着吧,等到尖塔建好的时候,我们就去笑话他。"

九点钟的时候,几个男孩从上面爬下来,想看看他们建造的

成果是什么样子的。

"我觉得它有点儿歪，"卡尔说，"不过，可能也没关系。"

"没关系，"奥斯卡说，"只要有足够的钉子就行。"

"它跟我昨天画的图不太像，"小威格尔说，"不过，我们也可以随时修改图纸。"

"它已经很高了，"卡尔说，"很快，它就要跟学校旁边的麦森夫人家的塔一样高了。"

"不，要比那高得多才行，"小威格尔说，"不过可惜的是，我们没有那么多的木板。"

几个男孩朝着放木板的地方看去。

"糟了，"奥斯卡说，"我们的木板用光了。"

"我来的路上看到了一些，"卡尔说，"有很多旧的木板。"

"在哪儿？"小威格尔问，"我想知道。"

"就在酷勒-卡伦家，"卡尔说，"有一长排。"

"那我们去找酷勒-卡伦问问他，能不能把木板给我们。他总是很友善。"

几个男孩来到了酷勒-卡伦家。

"就在那里。"卡尔指着一长排木板说。

"它看起来像是一个栅栏，"小威格尔说，"不过我从来没听说过酷勒-卡伦需要栅栏，你们听说过吗？"

"没有，"奥斯卡说，"我也没有听说过酷勒-卡伦需要栅栏。"

"当然我们要先问他，"小威格尔说，"如果他说这是栅栏，那我们当然就不能拿走了。"

于是，小威格尔敲响了酷勒-卡伦的门。

"好像没有人在家，"他说，"没有人来开门。"

"没关系，"奥斯卡说，"他肯定不反对我们把这些旧木板拿走。反正他也不在家，那我们也不知道他到底需不需要栅栏了。"

"酷勒-卡伦为什么需要栅栏呢？"小威格尔问，"他要用栅栏干什么呢？"

"你说得对，"奥斯卡说，"我们可以悄悄把这些旧木板拿去盖我们的房子。酷勒-卡伦肯定也很高兴，能摆脱这些垃圾。"

于是，几个男孩开始动手把酷勒-卡伦家的木板拆下来，搬回鸡舍。

"这些木板是固定好的，"卡尔说，"你们不觉得我们应该等酷勒-卡伦回到家后再问他吗？"

"不用，"小威格尔说，"我觉得他肯定希望能尽快摆脱这些木板。"

于是，小威格尔和卡尔整个上午都在从酷勒-卡伦家搬木板，而奥斯卡负责坐在塔顶上把木板固定住。

塔盖得越来越高了。

"这个塔真漂亮，"等到他们把酷勒-卡伦家的所有木板都搬过来之后，小威格尔说，"尽管稍微有点儿歪。"

"它看起来有点儿奇怪，"卡尔说，"我也说不出来，不过，这个塔就是有哪里不太对。"

小威格尔一动不动地注视着刚刚建好的塔。

"你说得对，"他说，"我也觉得，这个塔有哪里不对劲儿，仿佛缺了点儿什么东西。"

几个男孩一起注视着塔，想看看到底是哪里出了问题。

"可能我们把屋顶盖好之后就能看出来了，"小威格尔说，"可能缺的就是屋顶。"

几个男孩爬到塔尖上，把屋顶用钉子钉上。

等到他们爬下来之后，奥斯卡说："这个塔还是有些奇怪，可能是因为我们从来没有见过这么高的塔吧。"

小威格尔一走进鸡舍，另外两人就听到他发出了一声哀嚎。

"窗户！"他大喊着冲了出来，"我们忘了给塔装窗户！"

几个男孩惊恐地盯着他们建造的成果。

是的，小威格尔说得没错，他们确实忘记了安窗户。

"这样的话，在塔里面就什么都看不见了，"卡尔说，"这是一个完全漆黑的塔。"

"我们怎么进去？"奥斯卡突然想到，"门在哪里？"

"门，"小威格尔再一次愣住了，"天呐，对呀，门在哪里？这样，我们可以从鸡舍的屋顶上爬上去。"

于是，几个男孩坐在最后一块木板上，齐刷刷地盯着他们

小威格尔

的塔。

"没有窗户的塔叫什么塔，"小威格尔说道，"希望铁匠千万不要这个时候经过。如果他发现我们忘了安装门和窗户的话，肯定会笑话我们的。"

"如果我们拆掉其中的一些木板的话，整个房子都会倒的。"奥斯卡说。

"我们可以在塔顶上做一块活板，"卡尔说，"然后我们就可以从顶上爬下去了。"

"你说得没错，"小威格尔高兴地说道，"幸好我们有你，卡尔，你总是能想到好主意。就像你说的，咱们在屋顶上做一块活板，然后从那里爬下去。"

"但是，塔里面还是黑的。"奥斯卡说。

"没关系，我们可以在里面挂上一盏灯，"小威格尔说，"那样看起来也很闲适。那样的话，我们就不需要摆鲜花、挂窗帘了。而且，我们永远都不需要擦窗户。"

"哇，我们可太幸运了！"奥斯卡欢呼道，"你的塔将成为全镇最棒的建筑，小威格尔。铁匠看到之后，一定会特别嫉妒的。"

于是，几个男孩在塔顶上做了一块活板，卡尔回家去拿欧迪俪雅阿姨送给他的灯。

"你们在做什么？"卡尔的妈妈问道，"我好像看到你的手指头受伤了。"

“我们在建房子，”卡尔说，“一个特别特别大的房子，比我们家的房子还要高。”

“只有木匠才会建大房子，”他妈妈说，“木板对你们这些小男孩来说太贵了。”

“可是，我们真的在建房子，”卡尔说，“就在小威格尔家。”

“又在胡说了，”他妈妈不肯相信他的话，“总之，你不许太晚回家。”

“不会的。”卡尔说。

等他回到小威格尔家的时候，小威格尔说：“今晚我要在这里举办一个大型聚会，就是那种有黑麦面包和饮料的很大的聚会。”

“可是我妈妈不让，”卡尔说，“她不相信我们建了一栋大房子。”

“啊，那真可惜！”小威格尔说。

“你可以说，你要帮小威格尔写作业，”奥斯卡说，“你妈妈肯定会相信的。你告诉她，小威格尔自己不会做算术题。”

“瞎说，”小威格尔说，“我跟卡尔一样擅长做算术题。”

“这只不过是我们编出来的借口。”奥斯卡说。

“他也可以说，要帮你写作业。”小威格尔对奥斯卡说。

“他也可以说，他要帮我们两个人写作业，只要他能来参加塔里的聚会就行。”

"对呀，"小威格尔说，"那好吧，那就这么说定了。"

"那我肯定可以参加，"卡尔说，"不过，我要跟妈妈撒谎了。"

"我们可以真的找一些很难的题，"奥斯卡说，"算术本的后面肯定有，那样就不算是撒谎了。"

"对，"小威格尔说，"就算你不会做也没关系，卡尔。"

"对，这就不算是撒谎了。"卡尔说。

等到夜幕降临时，酷勒-卡伦下班回到家。

"发生了什么？"他自言自语道，"我的栅栏好像不见了。"

他绕着自己的房子走了一圈，挠了挠头。

"太奇怪了，"他说，"栅栏怎么可能消失呢？可能是我疯了，或者，也可能是我从来就没有过栅栏。不如我去找铁匠问一问，他有没有看见我的栅栏。"

于是，酷勒-卡伦去找了高大黝黑的铁匠。

"晚上好，铁匠，"酷勒-卡伦说，"我家有栅栏吗？"

"是的，你有栅栏。"铁匠说。

"可是它不见了。"酷勒-卡伦说道。

"什么？"铁匠惊讶地问，"你的栅栏不见了？"

"对，"酷勒-卡伦说，"我觉得是，到处都找不到。"

"哈！"铁匠大叫一声，"这真是我听过的最蠢的故事。你可能是有点儿疯了，我从来没听说过栅栏可以自己长腿跑掉。"

"是啊，"酷勒-卡伦说，"听起来确实很奇怪。"

　　"听着，"铁匠摸着自己的络腮胡子说，"我突然想到了什么，吼吼，这群小子，不如你现在去糕点师傅的鸡舍那边散个步吧。"

　　"好的，"酷勒-卡伦说，"我这就去，我觉得事情很诡异。"

　　"哈哈，"铁匠说，"这群臭小子。"

　　等到酷勒-卡伦走了之后，铁匠捧腹大笑起来。

　　等到酷勒-卡伦来到糕点师傅的鸡舍，他差点儿吓掉了下巴。

　　"这是什么？"他自言自语道，"我感觉那里好像有一个塔，一个高高的歪塔。"

　　他走到近处仔细看了看。从这个奇怪的塔里，传出了一些声音，听起来好像有男孩在吃黑麦面包、喝饮料。

“我感觉我没看见塔上有窗户，”他自言自语道，“我肯定是疯了。”

酷勒-卡伦吓得一溜烟跑回了自己家，他倒在床上，把头埋进被子里，试着入睡。

这时，在小威格尔新建的塔里，三个男孩正在一边吃着黑麦面包，一边紧张地低声说话。奥斯卡在墙上做了一个架子，架子上放着两块小威格尔从糕点师傅那里拿的黑麦面包。从下方的阁楼上伸出来一根绳子，上面挂着卡尔的灯。

“嗷！”卡尔叫道，“这里又有一个钉子。”

“天呐，墙上怎么有这么多凸出来的钉子，”小威格尔说，“这就是一个墙上布满钉子的塔。”

“如果我也有这么一个塔就好了，”奥斯卡说，“这是我见过的最棒的塔，尽管墙上有很多钉子。”

小威格尔喝了一口饮料。

“是的，”他说，“待在这样的塔里，总是能安安静静的不受打扰。下次，我们再建一个更高的塔吧！”

Ole Lund Kirkegaard
Lille Virgil
© Ole Lund Kirkegaard Copenhagen 1967.
Published by agreement with Gyldendal Group Agency.
Simplified Chinese edition copyright:
2021 Shanghai Translation Publishing House.
All rights reserved.
本作品简体中文专有出版权经由 Chapter Three Culture 独家授权。

图字：09-2020-773 号

图书在版编目（CIP）数据

小威格尔 / （丹）奥勒·伦·基尔克高著；王宇辰
译. —上海：上海译文出版社，2021.12
（丹麦儿童文学大师基尔克高作品精选）
ISBN 978-7-5327-8859-0

Ⅰ. ①小… Ⅱ. ①奥… ②王… Ⅲ. ①童话－丹麦－
现代 Ⅳ. ① I534.88

中国版本图书馆 CIP 数据核字（2021）第 262984 号

本书由丹麦艺术基金会资助出版

小威格尔　Lille Virgil

[丹麦] 奥勒·伦·基尔克高 著 / 绘　王宇辰 译

策划编辑：赵平　张顺　　责任编辑：朱昕蔚　闫雪洁
装帧设计：柴昊洲　　版式设计：申祁颉工作室　　内文排版：张擎天

上海译文出版社有限公司出版、发行
网址：www.yiwen.com.cn
201101　上海市闵行区号景路 159 弄 B 座
苏州市越洋印刷有限公司印刷

开本 890×1240　1/32　印张 3.25　插页 4　字数 25,000
2022 年 2 月第 1 版　2022 年 2 月第 1 次印刷

ISBN 978-7-5327-8859-0 / I·5476
定价：35.00 元

丹麦国宝级童书作家

奥勒·伦·基尔克高作品精选系列（全七册）

橡胶泰山

魔毯

小淘气艾伯特

小威格尔

街角屋大盗

青蛙魔王

犀牛奥多

OLE LUND KIRKEGAARD